U0604601

青 春 是 一 场 阴 郁

The Flower of Evil

的 风 暴

青春 是一场阴郁的风暴

[法] 波德莱尔 — 著

文爱艺 — 译

天津出版传媒集团

天津人民出版社

图书在版编目（CIP）数据

青春是一场阴郁的风暴 / （法）波德莱尔著；文爱
艺译 . -- 天津：天津人民出版社，2018.6
　　ISBN 978-7-201-13413-0

　　Ⅰ . ①青… Ⅱ . ①波… ②文… Ⅲ . ①诗集 – 法国 –
近代 Ⅳ . ① I565.24

中国版本图书馆CIP数据核字(2018)第092984号

青 春 是 一 场 阴 郁 的 风 暴
QING CHUN SHI YI CHANG YIN YU DE FENG BAO

出　　　版	天津人民出版社
出 版 人	黄　沛
地　　　址	天津市和平区西康路 35 号康岳大厦
邮政编码	300051
邮购电话	（022）23332469
网　　　址	http://www.tjrmcbs.com
电子信箱	tjrmcbs@126.com

监　　　制	黄 利　万 夏
责任编辑	玮丽斯
版权支持	王秀荣
特约编辑	申蕾蕾　肖静雯
封面图片	©Olaf Hajek Illustration 2018
装帧设计	紫图图书 ZITO

制版印刷	北京中科印刷有限公司
经　　　销	新华书店
开　　　本	787 毫米 ×1092 毫米　1/32
印　　　张	8.25
字　　　数	50 千字
版次印次	2018 年 6 月第 1 版　2018 年 6 月第 1 次印刷
定　　　价	59.90 元

来自深渊的求告

————

如果你能洞察渊底，

愿你读这部书，

愿你能渐渐爱我。

————

第十三版　序

文爱艺

　　《恶之花》是我的著作中耗时最长、最注心血的译著；从首译至首版长达二十余年，从第一版至第十二版，又耗时十余年，每版皆又反复斟酌修改达数千处，其中作家版全译本·彩图纪念版，曾获 2011 年"中国最美图书"奖。

　　书是有生命的，你赋予它什么精神，它回报你相应的灵魂！

　　我穷数十年精研迻译《恶之花》只有一个目的，就是告诉大家，真正的"现代派"是什么样的。

　　这部集现代表现手法及现代表达思想之大成的"现代派"的发轫之作，为您认清什么是真正的"现代派"，提供了可供参考的资鉴。

2018 年 4 月 19 日

夜匆匆草于再别襄阳赴江南采风途中

目 录

巴黎即景

酒

理想与忧郁

Ideal and melancholy

也许你我终将行踪不明

但是你该知道我曾因你动情

《静物》

马蒂斯　1941

当那苍白的黎明来临，
你会发现我留下的空位，
直到黄昏，依然冰冷。

敌

我的青春只不过是一场阴郁的风暴。
虽然也曾沐浴过灿烂的阳光；
但惊雷和骤雨制造的打击，
已使我的青春硕果所剩无几。

而今，我已经被思想的秋天抓住，
我必须拿起铁锹和犁耙
重新翻耕被淹没的土地，
因为洪水已使它如墓穴般地荒芜。

谁能告诉我，那梦寐以求的新枝
能否在这如此荒芜的原野
盛开出鲜艳的花朵？

——哦，痛苦！痛苦！时光吞食生命。
这隐匿的青春杀手
竟然靠吮吸我们的鲜血生威！

厄运

要承负如此巨大的重担，
须有西绪福斯的勇气！
尽管我们满怀热忱，
但艺无涯，而时光稍纵即逝。

远离那些著名的墓碑，
向着一座孤坟走去，
我的心沉闷如破鼓，
在送葬进行曲里弹奏。

——无数珍宝被岁月深埋
沉睡在被人遗忘的角落，
无论何种探器都无法将之触及；

好花自伤，暗香无痕
无数的芬芳
只能在寂寞中吐艳。

昔日

久居在那宏伟的柱廊下
海日给它涂上万道金光；
那高大的柱廊，
在暮色中仿佛玄武洞府。

海浪滚动着天上的形象，
涌动着波澜
弹拨着华丽的乐章
与映入眼帘的夕阳合奏。

我终于享受到获得宁静的喜悦，
陶醉在蓝天、海浪、彩虹的包围之中
由香气袭人的裸奴侍奉，

他们用棕榈叶扇凉我的额，
其实精明的眼神
时刻在捕寻我痛苦的隐秘。

《躺在床上的女子》

马蒂斯　1929

夜降下它那沉重的帷幕，

黑暗中我的目光搜寻到你的秋波。

人与海

人啊，你会将大海永久地依恋！

海是你的镜子，透过滚滚的波涛

同你的灵魂观照，

你的灵魂原本是深渊，辛酸并不比大海少。

你总喜欢投入到你的影子之中；

用目光和双臂将它拥抱

迎着大海不可遏制的悲叹

排遣心中无法驱逐的愁绪。

你们俩无不心领神会、守口如瓶：

人啊，没有谁能探明你内心的深度；

海啊，没有谁能获知你内在的丰盈，

你们严守着各自的机密！

然而，无数个世纪以来

你们明争暗斗，热衷于杀戮，醉心于死亡。

唉，死不相容的同胞，

好斗的弟兄！

美

世人啊，我像石雕的梦一般美，
我的心胸生来令诗人动情，
我的爱情像永恒的物质无言
使相触的人伤痕累累。

我居踞碧空，神秘如狮身女妖；
如雪的灵魂与天鹅之羽的洁白相融；
对扭曲作态的身姿充满厌恶，
我从不哭泣，也不会傻笑。

我这仿佛从高傲的雕像里，
借来的身姿，诗人们将会
穷其一生，细加揣摩。

因为，要迷住这些温顺的情人，
我自有明镜使万物把美色增添：
那就是我这双眼，这双永远闪烁的大眼！

女巨人

大自然每天都怀着强烈的激情

孕育各种怪物，

我只喜欢待在年轻女巨人的身边，

如淫逸的猫紧跟着女王的屁股。

我喜欢看她用花把自己精心装扮

在可怕的游戏中自由地疯长；

从她眼中的神情

猜想她心中暗藏着的欲火；

我从容地游遍她美妙绝伦的身体；

在她肥硕的膝盖上休憩，

有时，夏日的骄阳令她疲惫，

她躺在原野里，

我懒洋洋地睡在她的双乳的阴影里，

如同山脚下安详的村庄。

《画家与镜子里的模特》

马蒂斯 1935

我喜欢看她用花把自己精心装扮，

在可怕的游戏中自由地疯长。

面具

凝视着佛罗伦萨似的珍宝；

宛如波涛汹涌的丰腴肌肤

在幽雅和魅力中显现出生命。

这尊女像，果然巧夺天工，

健美得出神入化，苗条得令人眷恋，

天生在豪华的床上造就风情万种，

足以让教皇和君王消愁。

——再顾这妩媚销魂的笑容

这掩不住自鸣得意的狂喜；

这暗藏狡黠、忧郁的眼神；

这俏丽的、洋溢着温存的脸上，

每道线条无不得意地告诉我们：

"快乐把我召唤，爱神为我加冕！"

看吧，这如许威严的雕像

竟具备如此优雅的魅力！

走近吧，让我们在她的美中流连不已。

哦，这亵渎的艺术！这惊心动魄的挑逗！

这预示着幸福，仙姿玉体。

顶部，竟是双头的怪物！

——不，这光彩照人的容颜，

只不过是一副面具，骗人的装饰，

仔细瞧瞧吧，那难以忍受的面孔才是真脸，

那向后仰起的真脸

正躲藏在蒙过你眼的假面的阴影之中。

——哦，可怜的高贵丽人！

你泪水如注，涌入我忧愁的心中；

你的假象使我陶醉，我的灵魂

正痛饮你眼中激起的滚滚《苦》水！

——可是，她为什么哭泣？她已完美无缺，
她征服世人，使人们拜倒在她的裙下，
究竟是何种伤痛使她健美的身躯忧焚？

——啊，傻瓜，她痛哭，是因为他与世长辞！
而她却依然活在世上。

尤其她那缠绵不绝的忧伤，
今天如此，明天依然！
后天，以至永远！——就像我们一样！

《女子肖像》

马蒂斯 1935

无数珍宝被岁月深埋，沉睡在被人遗忘的角落，

无论何种探器都无法将之触及。

异国的芬芳

在温暖的秋夜，当我合起双眼，
就闻到你热情洋溢的胸脯散发的芳香，
我感到太阳那永恒的光芒
涌向幸福的海岸，闪现在我的眼前；

在自然恩赐的悠然海岛
到处是奇异的树，美味的果；
男子的体魄强健修长，
女子的目光真诚明亮。

你的芬芳引领我走向迷人的地方，
我看见一个港口，布满风帆
依然携带着大海的疲倦，

这时，绿油油的罗望子树的清香，
在空中荡漾，溢满我的鼻孔，
我仿佛听到水手们的歌唱。

我爱你……

我爱你，犹如爱闪烁的星空
哦！哀愁之瓶，沉默的女郎，
你愈躲闪我，美人儿，我愈爱你，
你是我黑暗中的月亮，
你避开我，在无际的碧空
它延伸的距离，更加增添引力。

我要向前进攻，
就像蛆虫尾随腐尸，
我甚至爱你的冷漠！
你的无情，反而显得更加美丽！

来自深渊的求告

你，我的至爱，求你怜悯，

我的心，已堕入深渊。

环顾这阴沉的世界，

黑暗已将恐怖和诅咒埋入地平线；

整整半年，毫无暖意的太阳在我的头顶晃悠，

余下的六个月，黑暗又将我紧紧掩埋；

这个不毛之地竟然比极地更荒凉；

没有森林，没有河流，没有绿草，也没有走兽！

在这个世界上没有任何一种恐怖

超过这冰冻太阳的冷漠与残酷

以及这蒙蒙混沌的漫漫长夜；

我真忌妒那帮卑贱的愚蠢动物，

它们总能进入浑浑噩噩的睡梦。

而我们时间的光线摇动得却是如此缓慢！

《姑娘肖像》

马蒂斯　1923

我知道，你的心里依然洋溢着
早已根断的昔日深情

吸血鬼

你呀，犹如一把尖刀，
刺入我忧郁的心；
你，在你华丽的盛装里
裹藏着恶魔般的凶残，

把备受凌辱的灵魂
化为你的床铺和领地；
——让耻辱紧紧捆绑我，
如同囚徒系着锁链，

使我像酒鬼离不开酒盅，
赌徒沉迷下注，
犹如腐尸逃不脱蛆虫
——该死的，真该诅咒！

我曾祈求利剑

为我争取自由，

我曾祈求毒药

拯救我的怯懦。

唉，利剑和毒药都对我不屑一顾

轻蔑地说："你实在不配

我们帮你解脱，

你这该死的奴隶地位。

"蠢货！——如果我们帮你

摆脱她的统治，

你又会用你的热吻

复活这吸血鬼的尸身！"

《花与水果》

马蒂斯 1944

当冬天带着飘飞的白雪来临，
我将关闭门窗，
在黑暗中建造我的琼楼仙境。

忘川 [1]

贴紧我的心，残酷的恋人，
令人销魂的雌虎，冷漠的女妖；
我要把战栗的双手久久地
伸入你这浓密的秀发里；

我要掀起你这洋溢着幽香的衬裙，
把我这痛苦的头深深地埋入其中，
像闻一朵枯萎的花那样，
闻一闻那消失的爱情留下的芬芳。

我要酣然入梦！长眠不醒！
在这令人陶醉的梦魂里，
我要在你这美妙绝伦铜镜般光滑的娇躯上
留下疯狂的无悔的热吻。

[1] 原诗最初发表于1857年初版的《恶之花》，是
  法院判决勒令删除的6首禁诗之一。

我要吞没这消沉的悲泣，

除了你这沉睡的深渊，我别无所求；

你的口中萦绕着遗忘，

忘川之水在你的吻中流淌。

从此，我的灵魂仿佛得救，

乐于服从命运；

我像受尽煎熬的无辜囚徒，

因狂热而加刑。

为了消除怨恨，我要从你这高耸的胸脯、

这迷人的乳头上

吮吸毒芹之浆、忘忧之水，

它从未有过诚实。

《读书的女人》

马蒂斯　1925

灯光终于心满意足地渐渐消失，
只有壁炉里的余火依然照耀着。

某夜我躺在……

某夜我躺在犹太丑女的身边，
就像一具尸体紧靠着另一具尸体。
在这卖身女的身边，我不由自主地想起
我梦寐以求的多愁善感的美貌女郎。

我想起她那天然端庄，
想起她那具有无限活力的美丽的眼睛，
想起她那芳香袭人的满头秀发，
想起来，爱情的火焰就在我的胸中狂燃。

如果，在某夜，哦，冷酷的美人，
你能情不自禁地流出一滴泪珠
使你冷若冰霜的眼睛变得模糊。

我或许早就满怀热忱地亲吻你高贵的玉体
从足尖，一直到秀发！
任凭情感的激流冲开你的心扉。

阳台

回忆之母，情人中的情人，

你呀，是我全部的快乐！我全部的爱！

你可曾记得那温存的快慰，

那炉火的柔情，那黄昏的魅力，

回忆之母，情人中的情人！

那些被熊熊炭火燃亮的黄昏，

那玫瑰色的柔雾所笼罩的阳台。

你的乳房多么温暖！你的心地多么善良！

那些永难磨灭的往事

那些熊熊炭火燃亮的黄昏。

那温暖的晚上，夕阳多么美丽！

天空多么广阔！爱情多么顽强！

我敬爱的女王，当我俯身向你，

我仿佛闻到你生命的芬芳。

那温暖的晚上，夕阳多么美丽！

夜降下它那沉重的帷幕，

黑暗中我的目光搜寻到你的秋波，

我畅饮你的幽香，唉，甘醇的毒物！

你的秀足在我的掌中入梦。

夜降下它那沉重的帷幕。

我把那销魂的时刻召回，

重温在你膝上的旧梦，

可是除过你的温存、你的娇躯，

我从何处重觅你的美丽？

我把那销魂的时刻召回！

《镜子前面的演员》

马蒂斯　1927

　　无论是过去、现在或将来，
我们看到的永远是自己的面影。

如果我的名字……

如果我的名字，像一只船
被北风吹送到遥远的未来，
献给你的这些诗篇，
将在人们的脑海里掀起梦幻的波澜，

但愿我对你的追忆虽已成为传闻，
犹如单调的扬琴令人生厌，
却依然像我这骄傲的诗韵
凭借这神奇的链环而永存；

遭诅咒的人啊，从深不可测的渊底
到九霄云外，除了我，谁会回应你的呼喊！
——你呀，宛如稍纵即逝的幽灵，

迈出轻盈步履，投出从容的目光
蔑视那帮百般挑剔的蠢货，
你，面如青铜的天使，黑眼的雕塑！

永远如此

你常问："你哪来的这些奇怪的忧愁，
就像涌向光秃秃的黑岩上的潮水？"
——当我们的心摘下爱果之后，
生存就化为痛苦！这公开的机密，

这单纯、毫无神秘的忧愁。
就像你的喜悦，显而易见。
好奇的美人！请别再追问，
你的声音虽美，但也请你缄默！

别出声，不知愁的人！欢快的灵魂！
闭上稚笑的嘴！死亡更胜浮生，
抛出巧妙的锁链将我们网住。

但愿你让我，让我陶醉于虚幻之中，
钻入你的美目，像沉浸一场美梦，
永远沉睡在你睫毛的呵护里！

今晚你说什么呢……

今晚你说什么呢，孤独可怜的灵魂，

我的心，我憔悴的心，

对这位美丽、善良，以神奇的眼神

使你重获青春的佳人，你诉吐什么？

——我们用我们的骄傲把她颂扬，

她那威严中无比优雅的魅力；

她那激发灵感的肉体散发出天使的芬芳，

她的秋波为我们披上光明的外衣。

无论是黑夜里、孤独中，

无论在小街、人群里，

她的倩影犹如凌空飘舞的火炬。

她说："我是美人，我命令你

为了爱我，你必须爱美；

我是圣母，我是诗神，我是守护天使！"

《女子肖像》

马蒂斯　1931

漫漫长夜，我孩子的眼神辽阔、深远，

就像你一样明亮！

告白

一回，就那么一回，温柔可爱的女郎，
　　你光滑的手臂
挽住我的手臂（在我的灵魂深处
　　这记忆依然历历在目）；

夜色深沉，像一枚崭新的奖章，
　　一轮明月皓然当头，
庄严的夜色，像奔涌的江河，
　　流过沉睡的巴黎的上空。

沿着墙角，穿过一个个大门，
　　有几只猫咪悄悄地走来，
竖耳谛听，像亲爱的影子一般，
　　慢慢地跟着我们，不肯走开。

无拘无束的亲密
　　正在淡淡的月光下温柔，

突然，从你那音色华丽

　　　充满着乐音的口中，

从你那沐浴着朝阳的军乐一样

　　　明朗而灿烂的口中，

发出一声奇异的响动，一声哀怨

　　　这声音一直在颤悠

像个孱弱、丑陋、阴沉、肮脏的女孩，

　　　连家里人都感到羞耻，

为了怕世人看见，长期以来，

　　　被密藏在地下室里。

可怜的天使，你脱口而出的声音在回荡：

　　　"这世上，一切都不可靠，

不管怎样处心积虑地伪装，

　　　自私之心总会露出马脚；

“做美貌女人，真是不易，

　　就像愚蠢冷酷的舞女

不由自主地要强装笑脸

　　是那样的贱气；

“相信人心，真是愚不可及；

　　爱情和美丽，迟早都逃不脱幻灭的命运，

最终都要被弃入遗忘的背篓

　　还给永恒！”

我时常回想起那迷人的月光，

　　那种寂静，那种忧郁，

那种从内心深处的忏悔里

　　低声吐露的，这可怕的告白。

《草帽》

马蒂斯 1944

我要吞没这消沉的悲泣，
除了你这沉睡的深渊，我别无所求。

给太快活的女郎 [1]

你的容颜、举止、神采
美丽如描画的风景；
微笑在你的脸上荡漾，
仿佛清风从空中飘过。

你的娇躯
所散发出来的健康
使所有走近你的人
晕头转向。

你把充满音响的色彩
布满你绚丽多彩的衣裙，
把花之芭蕾的意象
刻入诗人的心中。

[1] 原诗直接发表于 1857 年初版的《恶之花》，被
法院判处遭禁的 6 首诗之一。

这五彩缤纷的长裙

正是你色彩斑斓的象征；

这使我神魂颠倒的女狂人，

我爱你，又恨你！

有时，我拖着疲惫的身躯

徜徉在美丽的花园，

觉得阳光对我冷嘲热讽，

使我心碎。

就连青枝绿叶的春天

都在我的心上留下斑斑伤痕，

以致我采一朵花泄愤，

惩罚大自然的无礼。

《女子肖像》

马蒂斯　1938

我爱你含情脉脉的眼睛，

可是如今，你却无往而不忧伤。

我也想在某一个晚上，

等淫乐的时候来临，

我悄悄地潜入你的玉体，

像个无耻的蠢汉，

去抚扪你获得宽恕的胸房，

惩治你那快活的肌肤，

给你惊愕的腰际

弄上凹陷的创口。

啊，这使人眩晕的陶醉！

透过那分外鲜艳、

令人销魂的晶莹的双唇，

我的妹妹，我向你注入我的毒液！[2]

---

[2] 毒液，波德莱尔声称指忧郁或悒郁，法官将此
解释为梅毒，故将此诗查禁。

毒

酒能使最龌龊的陋室
　　变成富丽豪华的宫殿，
并使神话中的柱廊
　　涌现在红霞闪烁的金光里，
犹如暮云密布的夕阳。

鸦片能够提升无疆的境界，
　　延展它的无限，
使时光深沉、快感倍增，
　　以悒郁的乐趣
使我们的灵魂获致不可形容的满足。

所有这一切，都比不上
　　你碧绿的眼中所流出的毒，

你的明眸是映现我灵魂颤抖的湖……

     我那成群结队的梦

为寻求解脱而投入你这秋波深处。

这一切都比不上你的热吻

     那香液神奇的魔力，

它把我的灵魂投入到无悔的遗忘里，

     它让我充满了眩晕，

它将我的灵魂推向死亡！

《蓝色眼睛的少女》

马蒂斯 1935

钻入你的美目，像沉浸一场美梦。

秋歌

I

不久，我们就要陷入寒冷的黑暗之中；
别了，我转瞬即逝的美丽的夏日！
我已听到忧郁的撞击声
纷纷落在院中的小路上。

整个寒冬将占据我的灵魂：
愤怒、怨恨、战栗、恐怖、不堪忍受的苦役。
我的心将变成红彤彤的冰块，
仿佛掉进北极的地狱。

我听到每一根枯枝的落地声；
这声音比断头台的回声更凄厉。
我的身心犹如危楼
不堪承受撞锤的打击。

我在这阵阵的打击中动摇，

仿佛听见钉棺材的声响。

为谁？——昨天还是夏日，转眼已是秋天！

这神秘的声音，仿佛丧钟敲响。

Ⅱ

美人，我爱你含情脉脉的眼睛，

可是如今，你却无往而不忧伤，

你的情，你的爱，你的所有，

都不及海上辉煌的太阳。

然而，温柔的心啊！请爱我

像慈母一样，即使我是个忘恩负义的罪人；

如恋人，或姐妹，给我温暖

哪怕是秋风一叶抑或是夕阳一轮。

啊，短暂的人生！

坟墓正贪婪地虚位以待！

请让我头枕你的双膝，

一面追忆酷热难眠的美丽夏日，

一面品味这晚秋的金光明媚！

《浴女》　　　《下沉》
《坐着的女人》　《女人与花》
马蒂斯　1944

微笑在你的脸上荡漾，仿佛清风从空中飘过。

致我的弗朗西斯卡的赞歌

我要用新曲将你赞美

哦，在我孤寂的心中

嬉戏的，可爱的宝贝。

请戴上花冠，

哦，可爱的美人

所有罪孽因你而获得赦免。

我要痛饮你的热吻，

犹如痛饮忘川之水

你的魅力如此惊人。

每当罪恶的风暴

席卷大地，

哦，我的女神，你就会显灵，

你像苦海的救星一样

照亮我的心灵……

导引我敬献对你的虔诚！

充满美德的水池，

永恒的青春的源泉。

请容我不再沉默！

污秽的，你把它烧净；

粗糙的，你把它磨光；

懦弱的，你使它坚强。

我饥饿的粮仓

长夜中的光明。

请引导我走上正路。

请给我增添力量。

你这洋溢着芬芳

令人快乐的浴盆！

请在我的腰际闪耀，

哦，这天使的圣水，

漫过这纯贞的腰带；

你是闪着光芒的酒杯。

你是面包、美味，

你是神酒，啊，弗朗西斯卡。

幽灵

犹如兽眼的天使，
我要深入你的闺房
伴着夜的幽暗
悄然向你走近；

我的棕发美人，
我要给你月光般冰冷的吻
要给你像爬行在墓穴的
蛇般的爱抚。

当那苍白的黎明来临，
你会发现我留下的空位，
直到黄昏，依然冰冷。

别人用尽万般柔情，
征服你，而我，要用恐怖
统治你的青春，支配你的生命。

《皮埃尔·瑞凡蒂肖像》

马蒂斯　1946

无拘无束的亲密，
正在淡淡的月光下温柔。

猫

无论热恋中的情侣还是严谨的学者
待到成熟的年龄，都同样爱猫，
这家中的骄傲，温柔而强壮，
就像他们一样，畏寒而深居简出。

作为才能与欢爱的朋友，
它们探寻着黑暗深处的宁静与恐怖；
倘若它们能放下架子而甘心为奴，
冥王恐怕早就让它运送灵柩。

它们沉思冥想，那高贵的身姿
仿佛安卧在荒漠中的狮身女怪，
睡意沉沉地进入无力的梦乡；

它们的丰腰闪烁着魔幻的光芒，
它们神秘的眼睛，
像晶莹的沙粒，处处闪现。

忧郁（之一）

雨月，对着使他气恼的城市，
它从瓮中把连绵不断的阴郁的寒冷
倾向近邻墓地里苍白的亡灵
把死气洒遍多雾的市郊。

我的猫在方砖地上寻找着褥草
不停地抖动着它那患疥疮的瘦弱病体；
老诗人的灵魂徘徊在落水管里
发出畏寒般的瑟瑟苦语。

巨钟在悲鸣，冒烟的柴薪
用假声为伤风的钟摆伴奏，
此时，一位因患水肿谢世的老妇，

在死后遗留下的发臭的纸牌中，
红心侍从 J 与黑桃皇后 Q
正诡谲地交谈他们已逝的爱情。

《桌旁的少女》

马蒂斯　1923

夜色深沉，
像一枚崭新的奖章。

忧郁（之二）

我有比千年还要漫长的回忆。

这纷至沓来的愁绪，
拥挤在我的脑海，
比挤满在橱柜里的债表、诗稿、
情书、诉状、曲谱还要多。
这真是一座金字塔，巨大的墓穴，
它收容了比万人冢还要多的尸骨。
——我是一冢连月亮也厌恶的墓地，
犹如悔恨，蛆虫咬牙切齿
不停地吞噬我最亲爱的死友。
我是充满枯玫瑰的女客厅，
到处散乱着过时的流行品，
唯有布歇苍白的水粉画，
独自散发着哀伤的清香。

当厌倦在阴郁冷漠中产生，

在大雪纷飞的岁月里

显现出像永恒一样的无穷无尽，

还有什么比这蹒跚而行的白昼更为漫长。

此后，活生生的东西！

你不过是一块沉睡在多雾的撒哈拉深处，

被茫茫的恐怖所包围的顽石！

古老的斯芬克斯，已被冷漠的人世抛弃，

被地图遗忘，那一颗愤世的心

只能空对着夕阳的余晖悲歌！

《萝萝》

马蒂斯　1914

我要酣然入梦！长眠不醒！
在这令人陶醉的梦魂里。

忧郁（之三）

我像是多雨之国的王者，

富有却无能，身虽年轻心却已老迈，

那些卑躬屈膝的教师，

他的狗，这一切都令他讨厌。

无论阳台对面正在死去的臣民，

还是猎物或鹰隼，都不能使他开心。

得宠小丑的滑稽谣曲

也无法赶走他病躯里的愁云；

他那饰有百合花纹的床竟成为坟墓，

那些素来讨君欢心的侍女。

也想不出任何猥亵的打扮

来博取这年轻的走尸粲然一笑。

炼金的术士纵有天大的本领

也无法清除他腐败的毒素，

那些显贵们时常念叨的，

从罗马遗留下来的血浴秘方，

也不能唤醒他迟钝的尸骨

他流动的不是血液，而是"忘川"的绿水。

忧郁（之四）

当天空像盖子一样低沉而下垂
倾压在久已厌倦而呻吟的心上，
当它把整个地平线包围
洒下比黑夜还要凄惨的阴光；

当世界沦为一座潮湿的牢房，
希望，挣扎成一只蝙蝠，
胆怯的翅膀拍打着四壁
一头撞进天花板里的腐朽；

当雨水洒下无尽的愁丝
仿佛人间安上整座地狱完备的铁条，
当成群污秽的蜘蛛
潜入我们脑海的深处结网，

此刻，钟声骤然狂响
向长空发出阵阵可怕的呼啸，
仿佛无家可归的孤魂
无休止地哀号。

——长长的送葬队伍，在无声中，
从我的灵魂深处缓缓前进；狂躁、
专横的焦虑，希望在失败中哭泣，
把它的黑旗深深地插在我低垂的头上。

《风景》

马蒂斯　1930

我想起！……鲜花、清泉、田野，

它们在日光下陶醉，痴迷……

驱不散的烦闷

森林，你像大教堂一样令我惊恐；
你像风琴一样呼啸；从我们的歹心里，
这颤动着嘶哑的喘气声的灵堂中，
应和着你"来自深渊"的回音。

大海，我恨你！我的灵魂深处，
感受到你的汹涌与奔腾；我从
你的翻腾中，听见了失败者，
那备受凌辱的苦笑。

长夜！假如没有这繁星满天的光
你让我多么的喜欢！
因为我在寻求赤裸、空虚和黑暗！

黑暗本身就是一幅图画
我眼前涌现的无数面孔，
活现在其中露出亲切的目光！

虚无的滋味

沮丧的精神，昔日却是搏击迷，
希望曾以马刺般的热情激励你。
而今再也不想你！别难为情，
索性躺下吧，步步蹉跎的老马。

死心吧，我的心；傻乎乎地睡吧。

精疲力竭的灵魂！对于你，老贼，
爱情已不再有滋味，只是争吵而已；
别了，铜号的哀鸣、长笛的叹息！
欢爱，别再将这阴郁的灰心引诱！

可爱的春天已失去了芳馨！

时间正一刻不停地吞噬我，

犹如大雪吞没一具冻僵的尸体；

我从天上俯视这圆形的地球

何必再从中寻求栖身之所！

雪崩啊，你可否愿意带我一同堕落？

《坐在椅子上的姑娘》

马蒂斯　1922

她苍白忧郁的愁容竟比维纳斯的美丽更艳丽！

痛苦的炼金术

大自然！有人热情地点亮你，
也有人把悲哀深埋在你的心里！
对此人你是坟墓！
对他人却意味着生命与光辉！

你帮助我却又令我感到惊恐
你这陌生的赫耳墨斯，
使我陷入与最可悲的炼金师，
米达斯同样的下场；

由于你，我竟把黄金化为铁
把天堂变成地狱；
拉开云的殓衣，我发现

一个可爱的尸体埋在其中，
在苍天的岸边
我建造了一座巨大的石棺。

感应的恐怖

惨淡而古怪的天空，
像你的命运一样焦虑，
浪子啊，请问怎样的思绪
降临在你空虚的心中？

——我虽然如饥似渴地追求
那变幻不定的事物，
但我绝不会像奥维德
为拉丁乐园的失去而哀歌。

像沙滩一样碎裂的天空，
我的骄傲映入其中；
你这茫无边际的黑色彩云

宛如灵车一般载着我的梦，
你的闪光就是我的心
乐于前往的地狱返照！

《休息的舞蹈演员》

马蒂斯 1927

我的青春只不过是一场阴郁的风暴，

虽然也曾沐浴过灿烂的阳光。

哀伤的情诗

I

我不在乎你的聪愚？
只要你美丽！尽管你忧郁！泪水
更增添你的妩媚，
如美景中添加的一湾清水；
花在雨后更显香艳。

我爱你欢情之后的忧郁
那愁眉不展的阴云；
当恐怖淹没你的心，
当那昔日的乌云
又在你"此刻"的心中弥漫。

我爱你滚滚热泪的大眼睛
那热血盈眶如潮的秋波；
发出无度的痛苦的呻吟，
如临终者仇恨难消的喘叫

尽管我伸手抚慰你入眠。

我畅然地吸入，
你胸中一切呜咽的哀愁！
那美妙深沉的祝福，
我深信在你的心上

也闪烁着你滴下的泪珠。

Ⅱ

我知道，你的心里依然洋溢着
早已根断的昔日深情，
你的心依然如燃烧的炉火，
被诅咒者的一点点高傲
依然潜藏在你的胸中；

但是，亲爱的，只要你的梦
依然没有映照出地狱之火，

而在不断的噩梦里，

依然闪现出毒药、刀刃，

依然迷恋着火药和利剑，

遇到任何人都诚惶诚恐，

厄运无处不在，

钟声一响即胆战心惊，

而你却感觉不到

甚至丝毫没有感应，

你，你这奴隶之王

你爱我却深怀惊恐，

你就不能感受这不祥之夜的阴森

让你的灵魂向我发出叫喊：

"我们是同类，彼此彼此，哦，我主！"

贝尔特的眼睛

你们尽可以蔑视一切名人的媚眼，

但我孩子美丽的眼睛，却不能蔑视

那从秋波里溢出的像夜一般无法形容的善良温柔！

美丽的眼睛，请把你迷人的黑暗向我倾注！

我孩子的大眼睛，神秘又可爱，

如同神奇的魔幻岩洞

透过隐约不定的层层阴影，

闪烁着尚未人知的无尽宝藏！

漫漫长夜，我孩子的眼神辽阔、深远，

就像你一样明亮！

它们的光是爱的思想，饱含着信仰，

闪烁着欢乐与贞洁。

浪漫派的落日

初升的太阳清新辉煌，

如一声爆竹，给我们送来问候！

那些人真是幸福，他们能够

满怀着热爱，礼送它壮美地归去！

我想起！……鲜花、清泉、田野，

它们在日光下陶醉，痴迷……

——让我们奔向天际，天色已晚，快跑，

无论如何也要抓住一抹晚霞！

可是我却无法追上隐退的上帝；

不可阻挡的黑夜笼罩了四方，

黑暗、潮湿、阴郁，令人不寒而栗；

黑暗洋溢着坟墓的恶臭，

我战战兢兢的脚，踏在沼泽地上，

踩伤了受惊的蛤蟆和冰冷的蜗牛。

沉思

别动，我的痛苦，你要安静。
你盼黄昏；瞧，它已来临：
灰暗笼罩了全球，
有人安享太平，有人平添烦闷。

当芸芸众生成群结队地领受，
欢乐，这个无情杀手的鞭打，
在奴颜婢膝的盛会上搜集悔恨，
我的痛苦啊，请伸出手来，拉我一把，

远离这庸俗之地。请看岁月折腰，
在天国的阳台上，身着古装；
从水底涌现出微笑般的惆怅；

夕阳在拱桥下进入梦乡，
一条长长的裹尸布拖向东方，
亲爱的，听，良宵正缓步走来！

《睡觉的女人》

马蒂斯　1906

醉生梦死的人，每分钟都是矿源。

自我折磨者

——赠 J.G.F

我要打你，尽管无冤无仇

如屠夫一般，

像摩西击打磐石！

我要让痛苦的泪水，

从你的眼里涌出，

用来灌溉我的撒哈拉沙漠。

我那充满希望的情欲

将浮泳在你苦涩的泪河之中

仿佛出海的船帆，

你耐人寻味的哭泣

涌入我的心坎

犹如战鼓那样回荡！

多亏贪婪的冷嘲热讽

将我折磨、震撼，

在这神奇的交响乐中

没有沦落为杂音？

这尖刻的讥讽就在我的声音里！

我血液里全是这些毒液！

我就是泼妇

所照的不祥之镜！

我是伤口，又是刀锋，

我是耳光，又是脸面！

我是四肢，又是刑车，

我是死囚，又是屠夫！

我是吸我血的吸血鬼，

——一个无人问津的要犯

被判处终身微笑，

却永远张不开笑嘴！

时钟

时钟！冷漠无情的凶神，
它的指针威胁我们："请记住！
摆颤的痛苦即将射入
你那充满恐惧的灵魂；

"如烟的快乐转眼将在天边消散
犹如风神退隐在幕后深处；
它每个时刻都在吞食
属于你的欢乐。

"一小时三千六百次，每一秒都在向你
悄声低语：记住！——光阴转瞬即逝
飞虫正在对你说：'我是过去，
我用污秽之吻吸食你的生命！'

"请记住！别遗忘！记住吧！浪荡子！
（我的金嗓子会说任何一种语言。）

醉生梦死的人，每分钟都是矿源
没有提出黄金，千万不可丢弃！

"想想吧，时间可是个贪婪的赌徒
每赌必赢，从不作弊！
日渐短促，夜正悠长；请记住！
深渊总是焦渴，漏壶正在空虚。

"丧钟就要响起，到那时，
机缘巧合，广义道德，新婚处女，
甚至悔恨（哦！这最后的归宿！）
都要劝你：死吧，老东西，时间已经结束！"

The view of Paris

巴
黎
即
景

我不会忘记，离城不远，
我们的白房子，虽小却很安宁

风景

为了纯洁作我的牧歌，

我想躺在天边，像占星家那样，

以钟楼为邻，在梦中聆听

微风送来的庄严颂歌。

双手托着下巴，从顶楼的顶上，

遥看那引吭高歌，口若悬河的工场；

纵览这都市的桅杆：烟囱、钟塔，

仰望那令人想象永恒的广袤天空。

透过层层雾霭观望，蓝天生出星斗

无数窗口亮起灯火，

成群结队的煤烟涌向苍穹

月亮把银辉一泻千里，真令人心醉。

我观看春夏秋冬的更替；

当冬天带着飘飞的白雪来临，

我将关闭门窗

在黑暗中建造我的琼楼仙境。

那时，我会梦见花园，

那白石池中泪如雨下的喷泉，

亲吻，我会梦见清晨、黄昏都竞展歌喉的鸟群，

以及牧歌中所有无与伦比的纯真。

骚动徒然地在我的窗边怒吼，

休想让我从书桌上抬头；

因为我将陶醉在这快乐之中

凭我的意志召回春天，

从我的心房里拉出一轮红日

用思想之火温暖世界。

《花瓶与女人》

马蒂斯　1903

我已听到忧郁的撞击声，
纷纷落在院中的小路上。

给一位过路女子

大街在我的耳边喧嚣不止。

一位女人忽然走过，那修长苗条的身姿，

在哀思的丧服里闪耀

美丽的手撩起迷人的长裙在风中轻摇；

露出轻灵而高贵的玉腿。

我似触电般地颤抖不已，

从她那孕育风雨的苍天般的秋波里，

痛饮这令人销魂的温柔和妩媚。

电光一闪，随后就是黑暗！——你的目光一瞥

竟然使我在刹那间如获新生，

转瞬即逝的美人，难道我们只能重逢于来世？

去了，远了！太迟了！也许无缘！

我不知道你走向哪里，你也不知道我归向何方，

唉，我竟然爱上了你，即使你明白我的心又该怎样！

虚幻之爱

唉，我亲爱的懒虫，当我见你走过，

随着消散在天花板上的乐声

停下你舒缓摇曳生姿的步履，

你深沉的眼神中流露出倦怠；

当我凝视着煤气灯，

映照你苍白的脸而泛起病态的风韵，

宛如夕阳的火炬燃起明媚晨光，

你如画般的迷人眼睛，

我不禁感叹："她真美！艳丽得令人惊奇！

纷至沓来的如烟回忆，仿佛壮丽沉重的塔楼，

向她压去，她那如蜜桃般受伤的心，

跟她的肉体一样，对爱情了如指掌。"

难道你是美味无比的秋果？

难道你是盛接泪水的瓦罐，

难道你是绿洲上飘散的芳香，

难道你是温柔的睡枕、芬芳的花篮？

唉，苍天啊！我知道有比你更空虚、

更深沉、更忧郁的眼睛；

犹如无珠之盒、无像之框，

并不藏有丝毫珍秘！

然而，你光艳其表，难道还不足以，

使我逃避现实的心获至欢欣？

你的愚蠢、冷漠，这又有什么关系？

面具或伪饰，都行！我爱你的美丽。

我不会忘记……

我不会忘记，离城不远，

我们的白房子，虽小却很安宁；

波摩娜的石膏像与古老的维纳斯

在疏林枝叶间裸露，

流光溢彩的夕阳

在薄暮的玻璃窗上闪烁，

仿佛好奇的上苍睁开双眼，

长久地注视着我们无语的甜蜜晚餐，

在粗台布和细窗帘间

把美丽的光尽情地抛洒。

《风景》

马蒂斯　1931

当厌倦在阴郁冷漠中产生，

在大雪纷飞的岁月里，

显现出像永恒一样的无穷无尽。

你曾猜忌过的……

你曾猜忌过的那位善良的女仆，

她已在卑微的草地下长眠，

我们应该给她献上几朵鲜花。

死者，可怜的死者，历经多少痛苦，

十月的风，你这个枯枝老树的修剪工，

唯有你围绕在她的墓碑周围忧郁，

他们一定感到生者忘恩负义，

竟然依旧安睡在温暖的被窝里，

而他们却被噩梦缠绕，

既无共枕的伴侣，也无倾心相诉的亲朋，

只有冻僵的尸骨任凭蛆虫折磨，

感到冬雪融冰的滴落刺入骨髓

岁月循环，仍不见友朋亲眷扫墓

更换挂在墓栏上的残破花环。

假若在夜里，炉薪噼啪作响，

我发现她安详地坐在安乐椅上，

十二月的寒气逼人，

她蜷缩在卧室的一角，

从她那令人难忘的床上

对孩子抚以慈母般的目光，

止不住的泪水滚滚而下，

我该怎样回应这虔诚的灵魂？

《主题与变奏 F6》

马蒂斯　1941

无论是黑夜里、孤独中，

无论在小街、人群里，

她的倩影犹如凌空飘舞的火炬。

雾和雨

哦，晚秋，寒冬，泥泞遍地的初春，
多眠的季节！我喜欢你们，赞美你
用烟云的尸布和迷茫的坟墓
把我的头和我的心埋葬。

在这狂风游荡的原野上，
风信鸡彻夜嘶哑啼鸣的长夜，
我的灵魂格外欢畅
它舒展开乌鸦般的翅膀。

哦，暗淡的岁月，呼风唤雨的女王，
我这受霜打的心，
在充满哀怨的愁云里企盼，

最为温柔的是你苍白的愁容，
——除非在五月之夜，我们
双双安眠在忘却的风雨床上。

酒 *Wine*

你向诗人的心中注入生命、

希望和青春

——还有高傲，这清贫者的法宝

杀人犯的酒

妻子去了，我终于自由了！
从此我可以喝个痛快。
从前我回家没带钱，
她就吵得我不得安宁。

现在我快活得像帝王；
看天空美丽，空气清新……
当初我爱上她时
也是这样的夏天！

可怕的焦渴将我煎熬
我需要大量的酒
多得足以把她
装进坟墓；——说来这实在过火；

我把她推入井底，
甚至把井边的所有石头投入其中

没有剩下一块。

——如果可能我真愿忘掉此事！

凭借当初的山盟海誓，

永不分离的誓言，

为了重新回到过去

那美妙的热恋时分，

我约她在黄昏后，

在幽暗的小路上见面。

她竟然来了！——这个笨女人！

或许我们都有点愚蠢！

她依然俏丽，尽管倦态十足，

我太爱她了！

正因为如此

我对她说："你真该死！"

谁能理解我的心。

在这群愚蠢的醉鬼里

有谁能在这可怕的夜晚

会想到用酒来做寿衣?

这个铁石心肠的恶棍

如同一部钢铁铸就的机器

无论夏日、冬天,

都未曾领略爱之真味,

既不知爱之恶,

那无法抗拒的不安魅力,

也没有感悟过爱之泪,

这枷锁与枯骨交织的声音!

——如今，我自由了，我终于自由了！

我要喝个痛快；

我会躺在地上，

无惧无悔，

像狗一样昏昏入睡！

让那些载满碎石和烂泥的

沉重的车轮，

让这些发疯的货车

碾碎我罪恶的脑袋

或轧断我的腰，

但我毫不在乎，正如我的眼里，

从来没有圣坛、魔鬼或上帝！

《女子肖像》

马蒂斯　1913

你的容颜、举止、神采
美丽如描画的风

孤独者的酒

一位风尘女子暗送奇妙的秋波
就像摇曳的光悄然降临
那荡漾的银辉，
在潋滟的水中沐浴；

一个赌徒手里的最后一枚钱币；
憔悴的荡妇放肆的一吻；
令人颓废的靡靡之音，
仿佛悲苦人生遥相呼应的呐喊，

这一切都不如，啊，这醇香的美酒，
你这为深怀渴求之心的虔诚诗人
隐藏在你的大腹之中的浓烈之烟；

你向诗人的心中注入生命、希望和青春，
——还有高傲，这清贫者的法宝，
它使我们如神一般昂扬！

相恋者的酒

今天，长空如此壮丽！
不用马嚼，不用缰绳，不用马刺
仅凭美酒，我们就像飞鸟一样
飞向仙境般的苍穹！

像被无情的热狂病
所折磨的一对天使，
透过清晨的蓝色水晶
追寻遥远的蜃楼幻影！

我们在翅翼的摇动中
感到旋风般的兴奋，
在热狂中从容，

妹妹，我们并肩飘游，
在不知疲惫的运动中
奔向我梦想的天堂！

《瓶中玫瑰》

马蒂斯 1942

像闻一朵枯萎的花那样，
闻一闻那消失的爱情留下的芬芳。

恶之花

Flowers of evil

我在爱情中寻求忘忧之眠

而爱情却成为嗜血的针床

毁灭

恶魔在我的身边不停地蠢动；
如不可捉摸的空气，把我包围；
我把他吞下，顿感胸肺火烧，
使他充满了永不消失的邪恶之欲。

他有时化为千媚百态的娇女，
以他那伪善者似是而非的遁词，
使我的嘴唇习惯于淫欲的媚药，
因为他知道我酷爱艺术。

他就这样使我远离上帝的视野，
把疲惫不堪，气喘吁吁的我
带入这荒芜幽深的厌恶之地，

又在我充满混乱的眼睛里
投入鲜血淋漓的凶器，
赤裸的伤口和污秽不堪的衣服！

《秋海棠》

马蒂斯　1941-1942

贴紧我的心，残酷的恋人。

累斯博斯 [1]

拉丁游戏与希腊的欢乐之母，
累斯博斯，那儿的吻，无论悲喜
都如太阳般火热，西瓜般清爽，
使黑夜与白昼都同样辉煌艳丽；
拉丁游戏与希腊的欢乐之母，

累斯博斯，那儿的吻如瀑布
毫无畏惧地投入无底的深渊，
呼啸出不息的呜咽，
如奔涌的骤雨，汹涌、神秘而悠远；
累斯博斯，那儿的吻如瀑布！

累斯博斯，那儿的芙丽莉相互吸引，
从没有不见回音的叹息，
星星把你当成帕福斯一样尊敬，
维纳斯理应招引萨福的妒忌！
累斯博斯，那儿的芙丽莉相互吸引，

［1］原诗最初发表于 1850 年出版的法国 15-19 世
纪诗选《爱情诗人》，收入 1857 年初版的《恶
之花》，是对女诗人萨福赞美的诗篇，也是赞
美女同性恋的诗。被法院以"亵渎宗教"之名
判处删除，是被禁的 6 首诗之一。

累斯博斯，热情与惆怅交织的幽夜之地，

你使那些眼睛脉脉含情的少女！

恋慕自己的肉体而在自恋的偷欢中，

暗自抚摸适合婚龄的成熟之果；

累斯博斯，热情与惆怅交织的幽夜之地，

你让老柏拉图皱起目光犀利的眉头；

可爱的乐王，温柔乡里的女王，

你贪婪无度的吻，

你的风流，都将获得宽恕。

你让老柏拉图皱起目光犀利的眉头。

你将获得宽恕，尽管有无限的苦痛，

不断地折磨这些野心，

但在远离天际之处，

仍有光艳的微笑在向你招引！

你将获得宽恕，尽管有无限的苦痛！

累斯博斯，诸神啊，谁敢审判你，
谁敢责备你因辛劳而早生的苍老白发，
假如不把你的小河注入海中的泪水
在他的黄金天平上度量一番？
累斯博斯，诸神啊，准敢审判你？

法律是否公正，这与我何干？
心地崇高的处女们，群岛的荣耀，
你们的宗教与异教同等庄重，
而爱情戏弄地狱，也嘲讽天堂！
法律是否公正，这与我何干？

因为累斯博斯从尘世中选择了我，
让我歌颂这些如花处女的秘密，
我从小就熟睹了她们，
无度的狂欢与忧伤交织的神秘黑色；
因为累斯博斯从尘世中选择了我。

从此我就从莱卡特的崖顶上观望，

如同双眼锐利的哨兵，

日夜监视着单桅、双桅、三桅船的帆影，

从遥远的天边闪现，

从此我就从莱卡特的崖顶上观望。

想知道大海是否宽容仁慈，

在碧波荡漾的轰鸣声中

可否趁着夜色露出宽恕之色的累斯博斯，

送回萨福已投身入海的尸骨

想知道大海是否宽容仁慈！

勇敢的萨福，多情的诗人，

她苍白忧郁的愁容竟比维纳斯的美丽更艳丽！

她阴沉的黑眼圈竟胜过了蓝眼睛

这人生痛苦的积液

勇敢的萨福，多情的诗人！

——比耸立于世的维纳斯更美

她把安详宁静的稀世之宝

她那金发上闪现的青春的光艳

倾注给了痴念爱女的海洋老人；

比耸立于世的维纳斯更美！

萨福在亵渎神明中死去

——她蔑视世俗的礼仪，

她把美丽的玉体献给了傲慢的粗人，

这粗俗的惩罚，欲治她背教的罪孽，

萨福在亵渎神明中死去。

从此，累斯博斯就独自哀伤，

尽管它赢得了世人的尊崇，

但悲鸣依然日夜沉湎于荒凉的海岸

一直不息地传入太空！

从此，累斯博斯就独自哀伤！

《女子肖像》

马蒂斯　1924

你的明眸是映现我灵魂颤抖的湖……

被诅咒的女人

犹如躺在沙滩上沉思的牲口
她们把目光伸向遥远的海际
她们互相勾连的手脚
显示出温存的酸涩厌倦。

有些醉心于倾吐私语的女子，
躲进溪水潺潺的丛林深处，
不断地拼读初恋情人的名字
把它深刻在娇嫩的树皮上面；

另一些貌似修女的女子
穿过幽灵般的岩石
闪烁出圣安东尼目睹过的
熔岩般突现绯红裸乳的诱惑；

也有人躲在古异教徒寂然无声的幽窟里，
映照着残焰欲灭的微光

以狂热的惊叫向你呼号，

哦，巴克斯，你使悔恨酣然入梦！

又有人，总是把贞洁牌挂在胸前，

而在裙袍里却暗藏着皮鞭，

在阴暗的森林里，在孤寂的深夜里

把欢乐的馋涎与痛苦的泪水互融。

哦，处女，魔鬼，怪物，殉道者，

你这蔑视现实的伟大灵魂，

探求无限的女人，虔诚的信女，色情狂者，

你们时而号叫，时而泣不成声，

我的灵魂追随着你们进入地狱，

可怜的姐妹，我爱你们，又可怜你们，

因为你们的心如充满爱情的瓮，

既难解除你们的焦渴，又无法排遣你们的忧郁！

《桌旁的少女》

马蒂斯　1923

面具或伪饰，都行！我爱你的美丽。

血泉

有时我感到我的血液在奔流，
犹如涌泉在有节奏地哭泣。
我听见血在哗啦哗啦地长流，
摸来摸去，却摸不到伤口。

它流过街市，如同流入决斗场，
所到之处，街石成岛，一片汪洋，
这解除了万物的干渴，
把大自然染成一片红色。

我时常乞援使人沉醉的美酒
让折磨我的恐怖悄然安眠；
酒却使我更加清醒！

我在爱情中寻求忘忧之眠；
而爱情却成为嗜血的针床
专供这些女人吸食我的血浆！

死亡

Death

我就像一个酷爱看戏的孩子

憎恨落幕，犹如憎恨障碍……

恋人之死

我们将拥有一张充满幽香的床，
如墓穴一般深的长沙发，
架子上摆满奇花异葩，
在格外美丽的天空里绽放。

我们将耗尽最后的热情，
两颗心好比两堆烈焰
两个灵魂合成一对明镜
在互映中闪现光辉。

在碧蓝粉红交织的神秘之夜，
我们将唯一的电光互换
如一声充满哀怨的叹息；

随后，将有忠实快乐的天使，
轻轻推开心灵的门扉，
把沉寂灰暗的双镜重新唤醒。

艺术家之死

阴郁的漫画，我得摇动
多少次铃铛，吻多少回你的额头？
为了射中你神秘本质的标的，
箭筒啊，我还需消耗你多少支箭？

我们挖空心思，费尽心机，
还要把无数沉重的骨架毁弃，
才能看到那伟大的创造物
这悲苦的愿望真令人心碎！

有的人至死无缘一睹偶像，
这帮受尽凌辱的苦命的雕塑家，
只能不断地捶首顿足，

阴郁奇特的殿堂，唯有希望！
这高悬的死亡如旭日之光，
能使他们脑袋里的花竞相开放！

一天的结束

在一片灰色的光里
无耻、喧嚣的生活
就这样无因由地闹腾着。
因此，当夜色从地平线升起

欢快的时刻随之来临，
一切都将抚平，甚至饥饿，
一切都将消弭，甚至羞耻，
"总算到头了！"诗人自嘲道，

我的灵魂，我的脊背，
都急切地祈求安眠；
我的心备受噩梦的侵扰，

"我要仰面朝天躺下
裹在你的暮色里面，
啊，多么凉爽的黑暗！"

《静物》

马蒂斯 1943

如烟的快乐转眼将在天边消散，

犹如风神退隐在幕后深处。

奇人之梦

你是否像我一样体验过快乐的痛苦，
而且让人议论："哦，真是个怪人！"
——我难过得要死。这是我多情的心，
欲望混合了因恐怖而产生的怪病；

那是焦虑与渴望交织的无助。
命运的沙漏越是清空，
我的痛苦越是强烈；
我的心也就更加远离这个世界。

我就像一个酷爱看戏的孩子，
憎恨落幕，犹如憎恨障碍……
冷酷的真相终于被揭开：

我将毫无悬念地死去，可怕的曙光
将我的身心覆盖。——怎么！仅此而已？
帷幕已经揭起，我却依然期待。

旅行

I

对于喜爱地图和版画的孩子而言，
世界等同于他们强烈的欲望。
啊，灯光下的世界多么辽阔！
而在记忆里，它却是多么地渺小！

早晨，我们出发，胸中充满激情，
心底却孕育着苦涩的憧憬与怨恨，
我们随着波涛的起伏前进，
在有限的大海上闪现无限的遐想：

有的庆幸逃出可耻的国度；
有的庆幸逃离恐怖的故乡，
沉湎女色的星士，
庆幸逃脱暴虐魔女的迷药。

为避免变成禽兽，他们陶醉
在宇宙、光明和火一样闪烁的空中；
啮人的冰，烘烤他们的骄阳，
渐渐抹去他们的吻？

但是真正的行者只为旅行而出发，
他们绝不会躲避厄运，
心胸宽阔如轻飞的气球，
不管何时何地总是向前走！

行者的欲望如天上的云，
他们像梦见大炮的新兵，
渴望着不断变幻的狂欢，
人的智慧无法知晓其名！

Ⅱ

真可怕，我们居然像旋转的圆球陀螺

跳跃旋舞；甚至睡梦中

也被好奇心辗转驱使而饱受折磨，

犹如鞭笞太阳的冷酷天使。

古怪的命运，你的目标变化无常，

踪迹皆无，又无处不在！

人类对你充满希望，从不厌倦，

为获安息却只能像疯子一样奔波不止！

我的灵魂正是一艘三桅船；

为寻找它的伊加利亚，甲板上惊呼："瞧！"

桅楼上传来疯狂的呐喊：

"爱情……光荣……幸福！"糟糕！却碰上了暗礁！

瞭望水手所指的每一座岛

都是命运女神赏赐的黄金乡；

想象力已摆好狂欢的筵席

结果只看见暗礁辉映着晨光。

唉！这个憧憬乌有之乡的可怜虫！

杜撰发现新大陆的醉鬼水手，

难道不该给他套上镣铐，扔进大海。

他的幻影使大海变成苦海？

仿佛在泥浆中挣扎的老流浪汉，

却仰望上苍梦想着天堂的奢华。

只要看到有烛光的地方，

那着魔的双眼，就像发现了卡普亚。

Ⅲ

非凡的行者！我在你们深邃如海的
眼中读懂了令人肃然起敬的经历！
请打开你们富如宝库的记忆，
闪现出你那繁星与天空织就的至宝。

我们不想凭借汽车和船帆的力量远行！
为了把这牢狱一般的生活化为欢畅，
请铺开你们以天际为框的记忆，
展现出我们如画布一样敞开的心。

告诉我，你们看见了什么？

IV

"我们看见了繁星

和波浪；也目睹了沙滩；

虽然屡遭灾祸打击的刺激，

我们却依然像在这里一样感到厌倦。

"太阳的光辉闪耀在紫色的海上，

城市的荣耀映沉在落日之中，

我们的心中点燃着不安的热望

渴盼着投入映照着迷惑之水的天空。

"最富丽的都市，最壮美的风景，

都不曾拥有如此神秘的魅力，

这风云际会变幻无穷的美丽。

欲望总使我们感到渴盼的悲哀！

"——而欲念使欲望增添着力量。

欲望，你这以快乐为养分的老树，
你的树皮愈厚愈硬，
你的枝叶愈是渴盼亲近太阳！

"你这比柏树更具活力的大树，
你还长吗？——然而，我们已经
为你贪婪的画册收集了一些图，
你这视远景为美的兄弟！

"我们曾向象鼻偶像求拜；
目睹了镶满宝石的御座的辉煌；
那些兰宫桂殿般精美的仙境
足以令你们的银行家自惭形秽；

"我还看见了令人目眩神迷的服饰；
看到将牙齿和手指染色的美女，
让蛇缠身亲昵自如的杂耍者。"

V

还看到什么呢？

VI

　　　　　　"唉，幼稚的脑袋！

"有一些事情不应该忘记，

我们并不想看，却随处可见，

沿着命运的梯子自上而下，

无处不至的罪孽时时闪现：

"女人是卑贱傲慢而愚蠢的奴隶，

毫无愧色毫不厌烦地恋己；

男人是贪婪、好色、荒淫无耻的暴君，

是奴隶之奴，阴沟之水；

"享乐的刽子手，悲泣的烈士；

以血为调料的芳香欢宴；

权力之毒令独裁者瘫痪，

愚昧之鞭却使百姓欢喜；

"宗教虽多，大同小异，

各有信仰，无不通向天堂，

就好像考究之士躺在鸭绒床上，

从钉板、鬃衣之中寻找苦修的乐趣；

"饶舌的人类，自以为聪明，

古今无一不疯癫痴狂，

在极度的苦闷时无不向上帝狂叫：

'哦，我的同类，哦，我的主宰，我诅咒你！'

"那些爱癫狂并不愚蠢之徒，

在逃出命运幽梦的群氓之后，

却陷入鸦片无边的驾雾腾云之中！

——这便是全球永不变更的报告。"

VII

从旅行中获得的知识真是辛酸！

这乏味狭小的世界，

无论是过去、现在或将来，

我们看到的永远是自己的面影：

烦恼沙漠中的恐怖绿洲！

走？还是留？若留则留；

若走则走，有奔跑者，有龟缩者

为的是躲避机警的天敌，

时间！唉！这永不停息的奔波者，

他们如使徒，仿佛漂泊的犹太人，

乘船或坐车，都躲不过，

这可耻的斗士；有的人却不挪窝儿

在消磨中杀死它。

当时间踏上我们的脊背，

我们只能怀抱着希望高呼：前进！

就像从前我们向中国行进时那样，

眼睛凝视着海面，任海风吹乱我们的头发，

怀着一颗年轻旅人的快乐之心，

我们登舟驶向冥国的海上。

请听那迷人而阴郁的歌声，

"到这里来吧！你们可以吃到

芬芳的忘忧果！你们一心

向往的奇果，就在这里；

这儿的午后充满着奇妙的温柔

永无止境，请尽情沉醉！"

听到这熟悉的声音，就知道是何方的幽灵；

我们的皮拉得斯正向我们伸出双臂。

"驶向你的厄勒克特拉,宽宽你的心!"
这是我们曾吻过她双膝的女人在呼唤。

VIII
啊,死神,老船长,时间到了!该起锚了!
我们已倦于此间,啊,死神!出发吧!
管他天地黑如墨汁,你知道,
我们的内心深处充满了光明!

请给我们倒满毒酒,它将鼓舞我们!
趁我们头脑发热,我们要不顾一切,
管他下地狱,还是上天堂,这有什么关系!
跳入这未知之国的渊底去猎获新奇?

第十三版　跋

文爱艺

当代文学，没有产生令人百读不厌、震撼灵魂的精神之书，最重要的原因是对现代派的误读；误读的结果，使原本与大众血肉相连的文学，远离大众。我之所以耗费30余年的时间研究现代派，就是想弄清楚什么是现代派。波德莱尔被誉为"现代派的鼻祖"，《恶之花》被尊为"现代派的奠基之作"，他们体现了现代派的基本特征。

研究多年，我认为真正的现代派具有如下特征：首先，现代派的作者大多是思想家，有着崇高的精神追求，他们对自身所处的时代的精神实质都有着精确的把握，对所处的时代的体貌形态有着精妙的描摹，从而成为自身所处的那个时代的清醒者和进步思想的先驱；其次，他们都具有广博的学识、丰富的阅历，对所持语种都有着很深的研究，在娴熟的掌握中又有着独到的发现和表现，从而成为所持语种的集大成者和文体家；其三，他们都具有自觉的不懈的探索精神，不为世俗所囿；独到的感悟、独到的发现、独到的表现，呈现出纷繁的面目，丰富了文学的天空，成为人类进步的精神滋养；其四，也是最重要的一点，他们从不为名利而创作，这与我们现在所谓的"作家"们为自己的作品开所谓的"研讨会"，在报刊上买版面发表吹捧文章形成鲜明的对照。

他们有的生前备受冷落，甚至排挤，有的作品被查禁，甚至身陷囹圄，但思想的光焰照亮温暖着他们寂寞的心，从而使他们在逆境中，创作了一部部照亮人类灵魂的不朽巨作。

现代派是不能克隆和模仿的，它是时代天然铸就的。

在我看来，现代派内核的广泛定义不是新名词，人类所有伟大的作品，都是其所处的那个时代的现代派，因为真正的现代派就是其所处的时代的精神的集中体现。我们无须标榜"现代派"，给自己贴上"现代派"的标签，我们只需用灵魂去体验、去发现、去表现我们的时代，去体味灵魂的需求，去张扬人性之美，去鞭策人性之恶；这正是我译析这部《恶之花》的目的。让我们扬帆遨游在文学的天空，撷取提升我们精神力量的明珠吧！在那儿，你将获得纯净和明亮。

第一版草于 2007 年 9 月 6 日襄城区檀溪路 15 号

第七版改于 2012 年 3 月 1 日，寂寞生日夜

第八版改于 2012 年 4 月 5 日清明节

第九版改于 2015 年 9 月 8 日

第十三版再改于 2018 年 4 月 5 日北京

夏尔·皮埃尔·波德莱尔（1821.4.9-1867.8.31）

法国诗人，象征主义运动的先驱，现代派的鼻祖。他幼年饱受孤独和忧愁之苦，青年时代生活放荡，将父亲留下的遗产挥霍一空。后迫于经济压力，开始创作，并翻译了美国小说家爱伦·坡的一些作品。1857年，他发表诗集《恶之花》，但受到当局的起诉，被勒令删除6首。1864年，波德莱尔到比利时做巡回演讲。1866年回国，翌年病逝于巴黎。波德莱尔是法国历史上最伟大的诗人之一，他的代表作《恶之花》成为法国象征主义的开山之作，也是19世纪欧洲最具影响的诗集。

文爱艺

当代著名作家、诗人、翻译家，中国作家协会会员。生于湖北省襄阳市，从小精读古典诗词，十四岁开始发表作品；著有《春祭》、《文爱艺诗集·第63部·彼岸花》、《文爱艺全集》（诗1-4卷·数字版）；部分作品被译成英语、法语、世界语、日语等文；译有《培根随笔全集》、《莎乐美》等60余部经典名著及其他著作；编著《道德经》、《洗冤集录》、《经典书库》、《新诗金库》、《品质书库》、《品质诗库》等经典；出版有《当代寓言大观》（4卷）、《当代寓言名家名作》（9卷）、《当代寓言金库》（10卷）、《开启儿童智慧的100个当代寓言故事》等少儿读物；所著、译、编图书曾获"海峡两岸十大最美图书"奖和"中国最美图书"奖，《文爱艺第62部诗集·夜歌》获2018美国 ONE SHOW DESIGN 优异奖；《文爱艺诗集》获"世界最美图书"奖；共出版著述200余部。